这本《自然故事》属于：

_____

_____

_____

献给温柔的男士：吉姆·道森
——尼克·道森

献给戴夫和卢西
——简·查普曼

图书在版编目（CIP）数据

虎妞妈妈 /（英）尼克·道森文；（英）简·查普曼图；王春，刘泰宁译. — 杭州：浙江教育出版社，2020.9（2022.11 重印）
（自然故事. 第2辑）
ISBN 978-7-5722-0478-4

Ⅰ. ①虎… Ⅱ. ①尼… ②简… ③王… ④刘… Ⅲ. ①儿童故事-图画故事-英国-现代 Ⅳ. ①I561.85

中国版本图书馆CIP数据核字(2020)第120741号

引进版图书合同登记号 浙江省版权局图字：11-2020-241

Text © 2004 Nick Dowson
Illustrations © 2004 Jane Chapman
Published by arrangement with Walker Books Limited, London SE11 5HJ
All rights reserved. No part of this book may be reproduced, transmitted, broadcast or stored in an information retrieval system in any form or by any means, graphic, electronic or mechanical, including photocopying, taping and recording, without prior written permission from the publisher.
Simplified Chinese translation edition is published by Ginkgo (Beijing) Book Co., Ltd.

本书中文简体版权归属于银杏树下（北京）图书有限责任公司

# 虎妞妈妈

[英]尼克·道森 文　[英]简·查普曼 图
王春　刘泰宁 译

浙江教育出版社·杭州

长着胡须的树枝?

长着尾巴的树?

或者这只是虎妞,

在隐藏?

尽管老虎长得像设得兰矮种马一样大,但它们却很少被发现。在自然环境中,老虎身上明亮的条纹是完美的保护色。

她站在森林里,和周围的植被交融在一起,
看起来难分彼此。虎妞的皮毛颜色似火,带条纹。
当她慢慢地穿行在树叶和树影中,
或是蹲伏在象草里不动时,
她就像被施了**魔法**一般踪迹全无。

虎妞用粉红色的鼻子嗅着空气，鼻子比人们的拳头还大。

即便有最轻微的声音响起，虎妞都会转过耳朵来倾听。

虎妞那双黄色的大眼睛像火把一样明亮，四处张望，闪烁着光芒。

老虎的嗅觉不是很发达，但是它们的视力比人类强六倍，而且听觉敏锐得惊人！

她正在找一个新巢穴,
一个对幼崽来说安全的地方。

虎妞动起来如河水般流畅。
她那盘子一样大小的掌按压在地面上，
却没有发出一点儿声音。
当虎妞奔跑时，强壮的肌肉拉伸带动着身体起伏，
犹如风吹过水面荡漾起涟漪。

她发现空地上有一堆凌乱的石头，
上面满是黑色的裂口和缝隙。
这里是虎崽的完美藏身之所。

今晚，虎妞就把他们带到这儿来。

虎妈妈们独自照顾虎崽。
因此,当它们外出捕猎时,留下的幼崽就得不到保护了。
更换巢穴有助于迷惑捕食者,如豹子和野狗,
它们可能会杀死小虎崽。

虎妞回到原来的巢穴，虎崽们正依偎在阴凉处熟睡。

他们的耳朵上点缀着明亮的白色斑点，像有魔力的眼睛在眨呀眨。

虎妞用又湿又粗糙的长舌头舔着虎崽们，把他们唤醒。

没人确切地知道老虎的耳朵为什么长斑点。可能这有助于虎崽跟随妈妈前行,又或者这些斑点是警示其他老虎的信号。

虎妈舔着虎崽,为他们梳理皮毛,以使皮毛光滑干净。但幼崽扭来扭去,他们更渴望吃东西。小老虎出生时,个头很小。他们喝足了母乳后,看起来就像厚厚的、毛茸茸的软垫。

这两只虎崽太小了,没法走远,所以虎妞用牙齿衔住他们。虎崽在空中摇摇晃晃,这位温柔的妈妈将他们一个接一个地送到安全地带——他们的新巢穴。

虎崽脖子上的皮肤很松弛，这样虎妈妈很容易就能衔起它们。

虎妞外出猎食的时候，
虎崽兄妹俩就会偷偷地相互走近，
舒展一下身体，咆哮着。
他们露出牙齿，头对着头，

**可能要爆发一场老虎之战啦。**

但这时他们锋利的爪都包裹在爪鞘里，
不会把对方抓伤流血。
现在，虎崽已经六个月大了。
等他们再长大一些，
爪子就能深深地切入
最坚硬的树木，
或者猎物厚硬的皮毛里。

老虎在战斗中会受很严重的伤,
因此它们通常会避免相互打斗。
老虎找到自己的领地后,
会通过刮擦树木、岩石,
在灌木丛和树叶上留下气味标记。

锋利的草茎刮擦着三只老虎空空的肚皮。

几天来,虎妞和虎崽们都在嚼着老皮,啃着冰冷的骨头。

虎妞需要进行一次大型猎捕活动。

虎崽们非常饥饿。

现在一岁的虎崽已经长大,足够强壮,不必在巢穴附近玩狩猎游戏了。

一头野猪正弯下他大大的长有刚毛的脑袋,
　用鼻子猛拱着、嗅着寻找食物。
　三只老虎眼冒凶光,
　皱起鼻子闻着野猪的味道,
　以轻柔、缓慢的步伐慢慢接近猎物,
　然后屈膝蹲伏,像石头一样纹丝不动。

小老虎在约8周大的时候开始吃肉。它们还未成年时便开始捕猎了。

虎崽的胡须在颤抖,他们的心怦怦地跳着,像敲鼓一样。

咆哮的虎妞像一团火,跳起跃下,

牙齿和肌肉都紧绷着,嘴巴大张。

虎崽们也吼叫着冲了过去。

老虎是优秀的猎手。但即使是它们,平均起来,每出击十次,也只有三次能够捕到猎物。
虎崽总是先吃食物。如果没有太多肉,虎妈妈可能根本就不会去吃。

现在这家人都可以吃饱了。

太阳把老虎的皮毛烤得滚烫。
在饱餐一顿又美美睡了一觉后,
虎妞向湖边走去。

湖水碧绿,虎崽们在水里
嬉戏、游泳,
虎妞浮在凉爽的水中,
来给自己降温。

在大型猫科动物中,老虎是为数不多喜欢游泳的种类。

在1.5~3岁时,小老虎离开它们出生成长的旧领地,去开辟自己的新领地。

午夜的森林里,三只皮毛光滑的老虎在踱步。

虎妞把她全部的看家本领都教给了这两只虎崽。

现在,18个月过去了,他们必须在没有母亲的情况下找到自己的新家。

虎妞披着一身流畅的条纹，闪进树林，她消失了。
虎哥哥最后一次亲昵地用鼻子蹭着虎妹妹，然后也走开了。

虎妹妹看着虎哥哥的身影完全消失在森林里。

然后她转过身,默默地穿过月光下的空地。

就像她的妈妈一样,虎妹妹也神奇地

消失了。

## 关于老虎

多年来，老虎被大量追捕、猎杀。在森林中，曾经有8种老虎出没，如今只有5种老虎得以幸存下来。现在只有不足6000只老虎存活于世，它们分布在中国、印度尼西亚、印度和俄罗斯东南部的部分地区。

今天，尽管老虎已经得到保护，仍有偷猎者在杀害它们。对于老虎赖以生存的土地，人们虎视眈眈。这些都危及最后的野生老虎的生存，它们濒临灭绝。

## 索引

保护色 …… 6

鼻子 …… 8、18

捕猎 …… 11、19、21

巢穴 …… 9、11—12、14、18

吃 …… 13、19、21

打斗 …… 16—17

耳朵 …… 8、12—13

耳朵上的斑点 …… 12—13

胡须 …… 6、20

虎崽 …… 9—16、18—22、24

领地 …… 17、24

皮毛 …… 7、13、22

梳理皮毛 …… 13

条纹 …… 6—7、25

偷偷地走近 …… 16

牙齿 …… 14、16、20

眼睛 …… 8、18

隐藏 …… 6

游泳 …… 22—23

掌 …… 10

爪 …… 16

通过索引表，你可以查找、发现老虎的相关知识。

文中有两种字体，**这种**和这种，都要记得阅读哦！

### 文　尼克·道森

教师、博物学家、作家。他喜欢野外和生活在那里的动物。

这是他写的第一本著作。他一直非常喜爱老虎。

"老虎这种生物，时常在我的梦中游荡，"他说，

"它们极为迷人，而且神秘感十足。我不希望看到它们被逐出这个世界。"

他还著有《寻找家园的熊猫》《去北极：迁徙路上的动物》等。

### 图　简·查普曼

英国童书插画家，曾以优异的成绩毕业于插画专业。

在她的作品中，超过75部已分别在20多个国家出版。

她为卡玛·威尔逊有关"熊"的作品配图，该系列获得了国际大奖。

2012年，她的作品被列入《纽约时报》畅销书单中。

简认为，虎妈妈在印度的气候条件下生活，一定很艰难。

"在这么热的天气里，我都会脾气暴躁，"她说，

"难怪它们要在水里待那么久！"

# 写给家长

与孩子们分享书籍是帮助他们学习的最好方法之一，也是他们学习阅读的最佳方式之一。《自然故事》是一套自然知识绘本，插图精美，屡获奖项。这套书重点描绘动物，对孩子们有非常强烈的吸引力。孩子们可以反复地阅读和体会这套绘本，或许可激发对一个主题的兴趣，进而深入思考和探索，发现更多知识。

每本书都是对现实世界的一次历险，既丰富了孩子们的阅历，又培养了他们的好奇心和理解能力——这是最好的学习方式。

## 《自然故事》（共三辑，二十四册）

**第一辑**：大蓝鲸、喜爱夜晚的蝙蝠、北极熊、白色猫头鹰、帝企鹅的蛋、与狼同行、毛毛虫与蝴蝶、鳗鱼的一生

**第二辑**：害羞的海马、寻找家园的熊猫、虎妞妈妈、去北极（迁徙路上的动物）、跳舞的蜜蜂、神秘的小海龟、鸭子邻居、不一样的鲨鱼

**第三辑**：青蛙的成长、昆虫侦探、海豚宝宝、森林里的熊、温柔的章鱼、海豹猎手、"恶心"的蛆虫、原野上的马儿